Bougie

MONOGRAPHIE

PRODUCTIONS

COMMERCE & INDUSTRIE

CLIMATOLOGIE

MINÉRALOGIE

BOUGIE — IMPRIMERIE F. BIZIOU

1900

COMICE AGRICOLE
DE L'ARRONDISSEMENT DE BOUGIE

Bougie

MONOGRAPHIE

PRODUCTIONS

COMMERCE & INDUSTRIE

CLIMATOLOGIE

MINÉRALOGIE

BOUGIE - IMPRIMERIE F. BIZJOU

1900

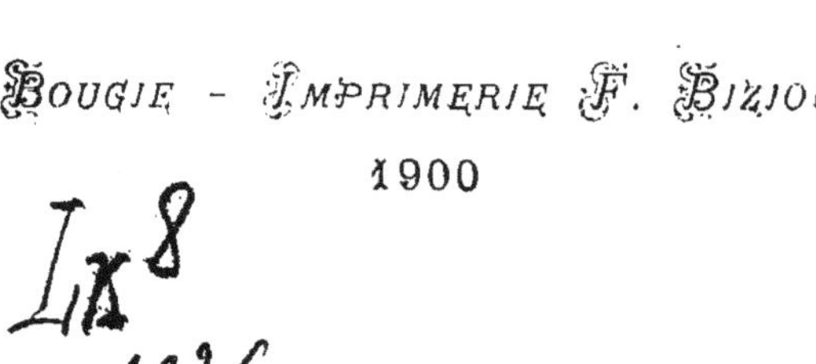

BOUGIE

Monographie de Bougie.

Au moment où le Gouvernement de la République vient de doter l'Algérie d'un régime particulier, lui accordant l'autonomie financière et la personnalité civile, sage mesure devant marquer une phase nouvelle dans ce pays, le Comice agricole de Bougie a considéré comme un devoir de profiter de la grande Exposition universelle pour montrer à tous ceux qui visiteront le Pavillon algérien, ce qu'est ce coin de la plus belle possession française, au Nord du grand continent africain, à quelques heures de la Mère-Patrie.

L'arrondissement de Bougie se distingue des autres régions de l'Algérie par la différence qui existe entre les mœurs de ses habitants, montagnards robustes, intelligents, travailleurs, presque ingénieux, aptes à tous les travaux agricoles ou industriels, et ceux des autres régions, des grandes plaines, pasteurs fanatiques et indolents.

Bougie, chef-lieu d'arrondissement, est le centre du pays Kabyle, dont les habitants, d'après l'histoire, descendent des Vandales, des Carthaginois, des Romains, qui à la suite de guerres sans nombre, se réfugièrent dans les montagnes, s'y installèrent et firent souche d'une race spéciale qui jamais, avant l'occupation française, ne put être soumise. Le Kabyle, du reste, se distingue des Arabes par son type spécial : taille moyenne, élancé, peau blanche, tête allongée, barbe et cheveux souvent blonds et même roux. Les femmes portent au front au menton et aux bras un tatouage bleu ayant la forme d'une croix.

L'immense golfe de Bougie, compris entre le cap Carbon et le cap Cavalo, est placé au centre de la côte algérienne, immédiatement en face du port de Toulon, à une distance qui peut être franchie en 18 ou 20 heures. Une belle rade de 900 hectares, abritée des vents du

Nord, pourrait contenir toute la flotte française. C'est là qu'on aurait dû faire un port de guerre.

L'histoire de Bougie remonte à la plus haute antiquité. Les Carthaginois, ces hardis marins qui n'avaient pas craint de franchir les Colonnes d'Hercule, y avaient fondé un *emporium* (dépôt de marchandises).

A la chute de Carthage, les Romains s'en emparèrent et y fondèrent, sous le nom de *Saldæ,* une ville forte d'où ils rayonnèrent au loin. Les marchands de l'époque, venaient sur des galères de Bizacium, de Carthage, de Sardaigne, d'Italie, de Sicile, des côtes de Provence, avec des chargements de toutes sortes qu'ils échangeaient contre les produits du pays : les riches minerais, la cire, les huiles, les bois, etc.

De la domination romaine il nous reste des vestiges de travaux gigantesques, tels que : routes pavées escaladant les montagnes, une conduite d'eau de 28 kilomètres taillée à flanc de montagne avec un tunnel de 300 mètres, que nous avons utilisé ; fortifications, palais somptueux, mosaïques merveilleuses dont un échantillon se trouve à l'Exposition à côté des ruines de Timgat et qui représente le fleuve Océan sous l'aspect d'une tête d'homme à barbe de fleuve. De chaque côté de cette tête se trouve une image d'Amphitrite montée sur un cheval marin. Le tout encadré d'un motif de feuilles d'acanthe dont les volutes contiennent des animaux divers, zèbres, panthères, lions, perroquets.

Puis vint la domination vandale 429 à 545. L'occupation Gréco-Byzantine, qui prit fin en 644, époque à laquelle le pays fut placé sous le joug de l'Islamisme par le célèbre Moussa ben Naceur, qui en fit une véritable capitale sous le nom de *Bedjaïa* بجاية

La domination arabe dura huit siècles. Le pays ne cessa d'être en guerre car les Berbères (Kabyles de nos jours) ne purent être soumis. Quoique cela Bougie devint une ville d'une grande importance. On y comptait cent mille habitants. Huit mille maisons, de nombreux collèges et mosquées s'étageaient depuis le rivage sur les flancs du Gouraya, parsemés dans des fouillis de verdure, des bouquets d'oliviers, d'orangers, de citronniers et de grenadiers.

En 1510, Bougie tomba aux mains des Espagnols qui ne s'y maintinrent que pendant 45 ans. Il nous reste de cette occupation deux citadelles monstres : le fort Barral et la Casbah.

Sur le fronton de la Casbah on lit encore gravée dans la pierre l'inscription suivante :

FERDINANDVS
V· REX HISPA
NIAE INCLITVS
VI ARMORVM
PERFIDIS AGA
RENIS HANC
ABSTVLIT VR
BEM ANNO
MDVIIII

« Ferdinand V, illustre roi d'Espagne, a enlevé par la force des armes cette ville aux perfides enfants d'Agar, en l'an 1509. »

En 1555, ce fut le tour des Turcs, qui n'occupèrent le pays que pour se créer des ressources et se procurer, dans les forêts des Beni-Foughal, les bois nécessaires à la construction de leurs vaisseaux.

De 1555 à 1833 le pays fut ruiné, mis à feu et à sang par les guerres incessantes entre les naturels du pays et les Turcs, qui les tenaient sous l'oppression la plus odieuse qu'ils durent jamais subir ; aussi, quand les Français s'en emparèrent, l'antique *Saldæ* des Romains, *Gouraya* des Vandales, *Bedjaïa* des Arabes, *Bugia* des Espagnols, ne formait plus qu'un amas de ruines.

Malgré son état permanent de guerre, Bougie, sous la domination musulmane devint et ne cessa d'être une ville sainte et de grand commerce. De ses nombreux collèges et mosquées sortirent des quantités de savants et de grands marabouts qui se répandirent partout pour porter la parole du Prophète, propager les arts et les sciences.

Bougie doit son titre de Ville sainte et de Petite Mecque aux 99 grands marabouts qui y ont leur sépulture. Il ne lui a manqué, pour être la véritable Mecque, que la centième sépulture, celle du prophète Mohamed ; aussi, tous les ans, à l'occasion du 27e jour du Ramadhan, des milliers d'indigènes viennent encore, de nos jours, faire la grande prière publique au pied du Djebel-Khalifa, où sont enterrés les marabouts vénérés.

C'est le 29 Septembre 1833 que le général Trézel,

avec deux bataillons du 59e de Ligne, deux compagnies du Génie et deux batteries d'Artillerie, amenés par l'escadre sous les ordres du capitaine de vaisseau Parseval, s'empara de Bougie.

Bien que depuis de longues années le reste de l'Algérie fut pacifié et livré à la colonisation, la Kabylie ne le fut qu'après la formidable insurrection de 1871. A cette époque aucun Européen n'avait été autorisé à s'installer en Kabylie ; l'Autorité militaire qui administrait le pays, ayant mis un soin jaloux à ne pas laisser pénétrer parmi les Kabyles l'élément français.

Jusqu'à cette époque et comme aux temps primitifs, les naturels du pays tiraient parti des produits du sol, figues, fruits, caroubes, et des huiles lampantes dont ils avaient le secret de fabrication, en venant les vendre sur les marchés de Bougie.

La zone de culture européenne ne s'étendait pas au delà de trois kilomètres autour de la ville.

C'est seulement à partir de 1873 que le Gouvernement comprenant le parti à tirer de cette nombreuse population kabyle, laborieuse et intelligente, créa successivement les centres de La Réunion, El-Kseur, Il-Maten, Sidi-Aïch, Ighzer-Amokran, Akbou, Tazmalt sur la rive gauche de la Soummam ; Oued-Amizour, Seddouk, Ichou, sur la rive droite ; Oued-Marsa, Kerrata, Amouchas dans la vallée de l'Oued-Agrioun ; Strasbourg, Duquesne, Taher et Chekfa dans l'Est de l'arrondissement.

En même temps que l'amiral de Gueydon dotait la région de Bougie d'un nouveau système de colonisation, il créait l'arrondissement en y installant un Sous-Préfet, un Tribunal civil, un Ingénieur des Ponts et Chaussées et une Inspection des Forêts. Cette première organisation administrative et judiciaire devait seulement précéder une plus importante, celle d'un quatrième département ayant

Bougie pour chef lieu et englobant tout le pays kabyle des départements d'Alger et de Constantine.

Les débuts de la colonisation ont été durs pour les premiers colons, beaucoup succombèrent à la peine, ils furent remplacés par d'autres qui ajoutant leurs labeurs à ceux des premiers transformèrent le pays. Des surfaces immenses jadis incultes, recouvertes de hautes broussailles repaires de la panthère et du sanglier sont aujourd'hui transformées en magnifiques vignobles à la végétation luxuriante, donnant une moyenne de cent hectolitres à l'hectare de vins recherchés par le commerce, malgré la campagne de dénigration faite par de peu scrupuleux fabricants de bistrouille, et dont bon nombre, achetés par le Négoce, sont vendus en France non pas comme vins d'Algérie, mais bien sous l'étiquette des crus les mieux renommés du Bordelais ou de Bourgogne.

La culture de l'olivier, loin d'être négligée, a été reprise avec méthode.

Les plantations de figuiers et de caroubiers ont été multipliées, surtout depuis que le Gouverneur général actuel, M. Laferrière, les a honorées de sa haute sollicitude.

On peut dire aujourd'hui que le pays en moins de vingt ans a été entièrement transformé. Partout se mêlent aux pittoresques villages kabyles accrochés aux flancs des montagnes, de belles fermes françaises qui font l'admiration des touristes, qui partent de chez nous émerveillés par les beaux sites n'ayant rien à envier aux plus majestueux paysages de la Suisse ou du Dauphiné. Des forêts presque vierges encore garnissent les hautes montagnes couvertes de neige pendant six mois de l'année.

Mais tandis que les colons français faisaient de la culture, de l'arboriculture, de la viticulture dans ce pays, d'autres créèrent des usines, transformant les produits du pays. C'est ainsi que dans la seule région de Bougie plus de cinquante usines, dont quelques-unes à vapeur, font des huiles comestibles revendues, par des négociants de France, pour des purs produits de Nice et de Salons.

A côté de ces usines à huiles, nous avons d'importants ateliers de forge, mécanique, serrurerie, charronnage, scieries, des fabriques de céramique, etc.

Avant d'énumérer dans un autre chapitre les autres productions disons qu'il y a place ici pour des fabriques de papiers avec les alfas que nous expédions en Angleterre et qui reviennent en France sous forme de papier ou de pâte à papier et pour bien d'autres industries encore.

Voilà l'œuvre des Colons français.

La France peut être fière de ses enfants.

Renseignements divers.

Superficie. — La superficie du territoire de l'arrondissement de Bougie est de 627,038 hectares, c'est-à-dire plus grande que beaucoup de départements de la Métropole.

Température. — Ce territoire est compris dans la e tempérée surnommée le *Tell*, qui a beaucoup logie avec le climat du midi de l'Europe.

Sa température est relativement faible mais assez Le mois de Février et généralement le plus froid le Juillet le plus chaud.

. — Les vents du Nord et d'Ouest soufflent froide et les vents d'Est et du Sud dans la

Saisons. — Il n'y a que deux saisons proprement dites, l'été et l'hiver qui est le printemps de la France.

Pluies. — Les pluies ne tombent guère avant fin Septembre et cessent à peu près totalement en Mai ou Juin.

Gelées. — Les gelées sont inconnues dans le pays.

Population. — La population française de l'arrondissement est de 7,880 habitants dont 665 israélites naturalisés ; 4,608 étrangers dont 21 Marocains et Tunisiens ; 395,804 Indigènes, Arabes ou Kabyles soit au total 405,292 habitants, c'est-à-dire plus de cent mille habitants de plus que beaucoup de départements de la France.

Les indigènes *arabes* constituent la moitié environ de la population et les *Kabyles ou berbères* l'autre moitié.

Division administrative et judiciaire. — L'arrondissement de Bougie fait partie du Département de Constantine. Il est situé au Nord-Ouest ; Il est limitrophe du Département d'Alger et de l'arrondissement de Tizi-Ouzou.

Bougie est le siège d'une Sous-Préfecture qui comprend 8 communes de plein exercice et 7 communes mixtes avec des Administrateurs qui remplissent les fonctions de Maires

La ville de Bougie possède un Tribunal de première instance, une Chambre de commerce et une Justice de paix. La Cour d'appel se trouve à Alger.

Les cantons de Taher, de Djidjelli, d'El-Kseur, de Kerrata, du Guergour et d'Akbou ont aussi des Justices de paix.

Avant l'insurrection de 1871, l'arrondissement de Bougie ne comprenait que les deux villes ports de mer de Bougie et de Djidjelli. A la suite de l'insurrection et du séquestre apposé sur les terres des insurgés on a créé, depuis 1873, les magnifiques villages qui font aujourd'hui l'admiration des étrangers.

De la propriété. — La propriété est régie par la loi française. L'attribution des terres domaniales par voie de concessions gratuites est encore en usage lorsqu'il s'agit de lots de terrains pour la création de nouveaux villages. Les lots de ferme sont vendus aux enchères publiques ou concédés de gré à gré avec de longs délais de paiement.

Valeur vénale des terrains. — Cette valeur varie avec la rente qu'elle peut produire et suivant la nature du sol, la proximité d'un centre, d'une route, d'un chemin de fer, etc..

Sur le littoral, le prix ordinaire des terres de grande culture varie entre 350 et 500 francs l'hectare, mais on peut trouver des terres en friche depuis 50 francs l'hectare.

L'hectare de vigne vaut de 1,500 à 3,000 francs, de même que l'hectare d'oliviers et de figuiers.

Autour des villes, les terrains maraîchers se vendent jusqu'à 3,000 francs l'hectare.

La valeur locative varie du 7e au 10e de la valeur vénale.

En général il y a peu de terrains irrigables et jusqu'à présent on n'a pas encore utilisé l'eau des fleuves et des rivières qui se perd dans la mer.

Débouchés. — Les débouchés existent à peu près partout, soit par route et par chemin de fer, jusqu'aux ports d'embarquement.

Modes d'exploitation. — Il existe quatre modes d'exploitation :

1o L'exploitation directe par le propriétaire ;

2o Le bail pour une ou plusieurs années ;

3o Le métayage ou l'exploitation du sol par moitié ;

4o Enfin, l'emploi du khammès indigène qui reçoit deux cinquièmes des récoltes pour sa part.

Main-d'œuvre. — Deux catégories d'ouvriers sont en présence : les Européens, généralement peu nombreux, et les Indigènes.

L'ouvrier kabyle doit être préféré à l'ouvrier arabe

La journée de l'Européen est de 2 fr. 50 à 3 fr. 50 ; celle de l'indigène de 1 fr. 25 à 2 francs.

Nature des terrains. — Les terres sont siliceuses, calcaires ou argileuses. Ces trois principaux éléments sont généralement divisés et il est rare qu'on les rencontre à l'état pur.

Engrais. — Dans les sols pauvres en acide phosphorique ou en potasse, on ajoute quelquefois des phosphates mais le plus souvent du fumier de ferme.

L'engrais par irrigation est pratiqué partout où il est possible.

Défrichements. — Le prix des défrichements varie suivant les exigences des végétaux que l'on veut adapter au sol.

Le défrichement d'un hectare de broussailles à 0^m60 de profondeur, par exemple, revient de 3 à 400 francs.

On emploie depuis quelques années le défrichement à la vapeur.

Labours. — Les labours à la charrue sont de deux sortes, profonds ou superficiels et varient de 0,20 à 0,40 de profondeur.

Les Indigènes qui se servent encore de leur araire primitif, commencent à employer de petites charrues perfectionnées attelées de deux bœufs.

Semailles. — On répand la semence de deux façons, sur le labour ou sous le labour. Généralement les Indigènes répandent la semence avant le labour qui l'enterre.

Sarclage. — Le sarclage se fait quelquefois au moyen de la herse, mais les Indigènes préfèrent le sarclage à la main qui incombe aux enfants et aux femmes.

Moissons. — La moisson des céréales a lieu en Juin au moyen de faucheuses moissonneuses dans les grandes exploitations ; ailleurs par la faulx et la faucille.

Un faucilleur est payé à la journée de 1 fr. 50 à 2 francs pour 14 heures de travail, et il fait un hectare en 6 jours coupé et lié, soit 12 à 25 francs à la tâche.

Battage. — Le battage se fait aussitôt la moisson terminée, soit à la machine soit au moyen du rouleau, soit encore sur des aires avec les pieds des animaux.

L'usage du fléau est inconnu.

Vannage. — Les indigènes le font en plein air en jetant les grains au vent.

Conservation des grains. — Généralement les grains sont vendus aussitôt après le battage. Ceux conservés par les européens sont remisés dans des greniers où des magasins, ceux des indigènes sont renfermés dans des silos creusés en terre pour échapper aux charançons et aux rongeurs.

Meules. — Les meules de paille et de fourrage sont installées à une distance suffisante pour les isoler en cas d'incendie.

Céréales. — La culture des céréales dans l'arrondissement de Bougie ne suffit pas à assurer les besoins d'une population excessivement dense en Kabylie.

Les cultures industrielles et intensives se développent chaque année.

Blé. — Comme rendement moyen, le blé rapporte de 15 à 18 hectolitres à l'hectare. Le blé dur ne produit pas plus de 8 quintaux métriques à l'hectare, mais avec les engrais et les assolements on peut arriver à faire pruduire de 12 à 14 quintaux.

Orge. — L'orge a une importance considérable dans le pays parce que les indigènes s'en nourrissent.

En semant 300 litres à l'hectare ou 175 kilogrammes on récolte sur les terres fumées de 20 à 25 hectolitres.

Pour le bétail la paille d'orge est préférable à celle du blé.

Avoine. — Il y a peu d'année l'avoine était inconnue dans la région, aujourd'hui on la cultive et son rendement à l'hectare, moindre qu'en France, peut être évalué de 12 à 15 quintaux.

Diverses. — On cultive encore parmi les céréales, le sarrasin, le maïs, le sorgho ou le bechena et le millet.

Légumineuse. — En dehors des céréales, on cultive aussi la fève qui est une nourriture préférée des indigènes, la gesse ou le Djilbena, les lentilles, les pois chiches, etc.

Plantes à racines alimentaires. — La betterave est cultivée par quelques européens seulement. Les indigènes cultivent les navets pour leurs usages, les pommes de terre et les topinambours.

Plantes industrielles. — Parmi les plantes industrielles, on ne connaît guère dans l'arrondissement que le lin et le tabac.

Plantes textiles. — L'alfa est une graminée qui ne vient que sur les hauts plateaux, mais les forêts de l'arrondissement renferment une grande quantité de diss qui pourrait être employée au même usage. Le palmier nain, qui est transformé en crin végétal. Ce diss est un danger permanent d'incendie pour les forêts.

Le chanvre ou kif est cultivé dans les montagnes de la Kabylie.

Ramie. — On a fait dans l'arrondissement quelques timides essais de ramie qui ont été abandonnés.

Plantes maraîchères. — Artichaut, choufleur, melon, petits pois.

On n'a pas encore cultivé ces plantes comme primeur, cependant la douceur du climat pendant l'hiver permettrait d'en exporter des quantités considérables.

Culture arborescente. — Vigne. — Les terrains de la région du littoral méditerranéen conviennent parfaitement à la culture de la vigne qui s'y trouve dans son élément et sous le climat tempéré qu'elle préfère.

La vigne n'est pas difficile sur la nature des sols et dans ceux de plaine et de coteau des environs de Bougie et de Djidjelli elle y pousse avec une vigueur tellement extraordinaire qu'à la deuxième feuille elle donne des produits, dont la valeur vient déjà atténuer les dépenses de la plantation.

Phylloxéra. — Après l'envahissement du terrible puceron dans les vignobles du Midi de la France, une partie de ceux de la Colonie n'ont pas été épargnés, et à l'Est et à l'Ouest il a fallu soutenir une lutte qui dure encore ; mais le mal n'est pas aussi grand qu'on le croyait tout d'abord, les viticulteurs algériens instruits par les errements suivis dans la Métropole ont pu atténuer et circonscrire le fléau. Enfin plus des trois quarts du vignoble algérien sont encore intacts.

Le département d'Alger qui renferme à lui seul autant de vigne que les deux autres départements est complétement indemne de même que l'arrondissement de Bougie qui est limitrophe. S'il est vrai que les migrations de l'insecte se font toujours du Nord au Sud, sa situation et son éloignement des centres contaminés et la surveillance continuelle dont il est l'objet font espérer que ce vignoble échappera pour longtemps encore à l'invasion.

Superficie, cépages et production. — L'arrondissement de Bougie compte à ce jour 4,000 hectares de vignobles créés depuis 1875.

Les plantations ont été arrêtées pendant les quelques années de la mévente des vins, mais elles ont repris depuis deux ans avec beaucoup d'entrain.

Les vignobles sont situés en plaine et en côteau, à toutes les expositions.

Les principaux cépages sont : les Mourvèdre, les Morastel, les Carignan, les Pinot blanc et noir, les Petit

Bouschet, les Aramon, les Alicante, les Cinsaut, etc. Les autres plants comprennent des Grenache de Bourgogne, des Muscat d'Espagne, Blanquette de Limoux, Chasselas, Panse musquée, Petite Syrah, Sauvignon, Cot, Aspirau, Cabornet, Espar, Tokaï, etc.

La production annuelle est d'environ 400,000 hectolitres. En côteau cette production atteint de 50 à 80 hectos, en plaine de 100, à 150 ; mais dans les plaines fertiles composées principalement de terrains d'alluvion, la production de quelques cépages atteint jusqu'à 300 hectos à l'hectare.

Le prix de l'hectolitre quai Bougie ou Djidjelli varie suivant les qualités entre 12 et 25 francs.

Arboriculture. — AMANDIER. — L'Amandier est un des arbres fruitiers qui produit le plus et qui ne demande aucune culture.

CAROUBIER. — Le caroubier réussit partout et c'est l'arbre indigène par excellence. Sa production actuelle est évaluée à 40,000 quintaux métriques, et avec les plantations qui se font, cette production, dans quelques années dépassera 50,000 quintaux.

Les caroubes se vendent de 6 à 9 francs les cent kilog.

FIGUIER. — Il en existe considérablement dans la région et la figue blanche de Bougie est très renommée.

La production annuelle des diverses qualités dépasse 40,000 quintaux. Les indigènes qui s'en nourrissent en les trempant dans l'huile en font une grande consommation sur place.

Le prix de vente, sur place varie, suivant les qualités, entre 12 et 25 francs les cent kilog.

FIGUIER DE BARBARIE OU CACTUS. — Le fruit de ce figuier ne manque jamais et il est attendu impatiemment chaque année par les indigènes qui en sont très friands. Ce fruit, qui contient une assez grande quantité de sucre cristallisable, pourrait être avantageusement distillé.

20

Olivier. — Dans l'arrondissement de Bougie, l'olivier se rencontre partout, soit en massifs, soit isolément. C'est un arbre indigène des plus robustes et des plus rustiques, d'une longévité extraordinaire. Cent arbres à l'hectare rendent une moyenne, par arbre, de 30 litres d'huile à 0 fr. 60 = 18 fr. $\times$ 100 = 1800 francs.

Avec ce qui est consommé sur place surtout par les indigènes on peut évaluer la production annuelle en huile au chiffre de 4 millions 500,000 kilogrammes.

Oranger. — L'oranger exige un sous-sol perméable, abrité des vents et irrigué, il produit énormément.

Les oranges les plus renommées sont celles des Babors, celles sanguines de l'Oued-Agrioun et les belles et grosses oranges de Toudja.

On estime que les orangers sont représentés dans l'arrondissement par 80,000 pieds en plein rapport. La production atteint plus de 150,000 kilog.

La valeur vénale d'un hectare d'orangers est de 10 à 15,000 francs.

Citronnier et mandarinier. — L'un et l'autre sont très bien acclimatés dans le pays et leur rendement est en général plus rémunérateur que celui de l'oranger.

Pêcher et abricotier se développent admirablement dans les terres légères et fraîches. Ils ont aussi besoin d'irrigation pour produire beaucoup ; Leurs fruits, comme primeurs pourraient aussi servir à l'exportation.

Capriers. — On rencontre, à l'état naturel, sans culture des étendues très grandes de câpriers et il s'en fait déjà un commerce assez considérable pour l'exportation.

Essences forestières. — Chêne-liège. — Les forêts domaniales de chêne-liège renferment plus de 50,000 hectares et celles des communes et des particuliers une dizaine de mille environ.

Ces forêts produisent annuellement un rendement

moyen de 20,000 quintaux métriques de liège de
reproduction d'une valeur nette de 600,000 francs.

Lorsque toutes les forêts domaniales de chêne-liège,
seront en plein rapport et complètement aménagées la
valeur productive atteindra un million.

CHÊNE-ZÉEN. — Superficie 10,000 hectares environ
qui fournissent depuis quelques années déjà des traverses
de chemins de fer d'excellente qualité.

ESSENCES DIVERSES. — 1,600 hectares environ de
chêne vert, pin d'alep, pin maritime, etc.

ECORCE A TAN. — Les chênes-liège, impropres à la
reproduction du liège sont livrés à l'exploitation de l'écorce
à tan. de même que les forêts incendiées de cette essence.

L'exportation de ce produit, en Italie principalement,
varie suivant les besoins de la consommation, mais il peut
être estimé annuellement de 5 à 6,000 quintaux métriques.
L'écorce à tan vaut de 12 à 15 francs les cent kilog.

EUCALYPTUS. — Parmi ses nombreuses variétés, on
ne plante guère que le « Globulus » qui a l'avantage
d'assainir les lieux où il se trouve. Il est très répandu le
long des lignes de chemins de fer.

Fourrages. — Les fourrages poussent sur tous les
sols aussi bien en prairies naturelles que sur les champs en
jachère.

Le sainfoin d'Espagne ou sulla est acclimaté dans le
pays et produit jusqu'à 70 quintaux de fourrage sec a
l'hectare.

La luzerne ne réussit que dans les sols profonds
d'alluvion, lorsqu'elle peut être irriguée, elle fournit 8 à 9
récoltes chaque année.

Assolements. — L'assollement biennal est pratiqué
par les indigènes, mais lorsqu'ils peuvent fumer leurs
terres ils les font produire annuellement.

Chez les européens l'assolement est combiné comme en France suivant l'exigence de la culture et le degré de fertilisation des terres.

Bétail. — L'arrondissement possède toutes les espèces connues en Algérie.

L'espèce chevaline y est rare parce qu'il n'y a pas d'éleveurs, mais en revanche les espèces mulassière et asine y sont abondamment représentées.

Le cheval kabyle, dit de montagne, tend à disparaître et dans les campagnes on ne trouve guère que le mulet et l'âne ; le premier employé aux labours et à la monture, le second utilisé dans tous les transports qui se fond à dos.

Les bourricots, petits et faibles, mais nerveux et courageux valent de 10 à 25 francs l'un. La valeur des mulets varie suivant la force et l'âge entre 150 et 500 francs.

ESPÈCE BOVINE. — Le bœuf kabyle est petit, trapu, rustique et doux : On l'emploie aux labours et il sert aussi à traîner les charrettes. Son poids varie entre 250 et 350 kilogs d'une valeur vénale pour la boucherie de 40 fr. les cent kilogs.

ESPÈCE OVINE. — Les moutons sont assez rares dans le pays et ne s'y rencontrent qu'en petits troupeaux à cause du manque de pâturage : Ceux livrés à l'exportation proviennent des Hauts-Plateaux.

Le mouton de la région donne une toison de 1^k 500 environ, d'une valeur de 1,50 à 1,80. Il produit de 15 à 20 kilogs de viande et sa valeur vénale est de 12 à 18 francs.

ESPÈCE CAPRINE. — La chèvre indigène est nombreuse et le Kabyle l'apprécie autant que le mouton pour la tonte et la viande : Une chèvre vaut de 8 à 10 fr.

ESPÈCE PORCINE. — Les indigènes ont le porc en horreur et sa production est entre les mains des européens ; Lorsqu'il est engraissé il vaut sur pied de 0,90 à 1 fr. le kilog. et sert à la consommation locale.

Basse-cour. — La basse cour dans les fermes et les villages est composée comme en France de lapins, de poules, de dindons, de pintades, d'oies, de canards et de pigeons. Parmi les poules la race bédouine domine.

Apiculture. — Les Kabyles se livrent à l'apiculture en installant des ruches dans leurs jardins, autour de leurs maisons, mais quoique l'industrie du miel et de la cire soit d'un bon rendement avec une flore aussi riche que celle de la région, les européens n'ont encore installé que très peu de ruches dans leurs exploitations, celles qui existent rapportent jusqu'à 50 kilogs de miel par ruche.

Sériciculture. — Quelques essais de la culture du ver à soie ont été tentés dans le pays, puis abandonnés ensuite ; mais il y aurait cependant quelque chose à faire de ce côté. Des milliers de mûriers restent sans emploi.

BOUGIE
SA RÉGION - SON PORT

Nous espérons qu'on ne lira pas sans intérêt une courte notice sur le développement vraiment prodigieux de la région de Bougie et sur l'importance sans cesse grandissante de son port ; nous donnons ci-après un tableau présentant le mouvement des entrées et des sorties depuis l'année 1868 :

ENTRÉES & SORTIES	NAVIRES	TONNAGE	EN TONNES (chargement)	EN TONNES (exportation)
1868	515	148,460	3,000	1,503
1870	515	155,556	6,855	1,491
1875	619	193,080	8,891	6,487
1880	649	348,056	9,861	6,928
1885	960	512,188	23,412	14,045
1890	1,030	515,954	40,600	32,278
1895	1,286	378,212	60,835	34,000
1898	1,780	634,644	125,000	87,000
1899	1,762	728,974	162,846	122,000

Jusqu'en 1874, la contrée était privée de voies de communication ; 25 kilomètres à peine de routes, 16 dans la vallée de la Soummam et 8 longeant le golfe, amorce de la route de Sétif. Dans l'intérieur, quelques pistes tracées par le Service du Génie militaire et des sentiers kabyles le plus souvent impraticables ; pas de colonisation ; sur les rives de la Soummam, sur un parcours de 90 kilomètres, 5 ou 6 usines à huile peu importantes y représentaient l'élément européen.. Le tableau ci-dessus montre bien que jusqu'en 1875, le mouvement du port de Bougie était presque nul, mais à ce moment il augmente très sensiblement (presque 5,000 tonnes à la sortie), c'est l'époque où le Gouverneur général Comte de Gueydon, ouvre la vallée de la Soummam à la colonisation et vient donner aux travaux de routes une impulsion nouvelle. La progression ne devait plus s'arrêter ; de 6,500 tonnes en 1875 le mouvement du port de Bougie à la sortie 122,000 tonnes en 1890, avant peu il atteindra 150,000 tonnes ; cela ne suffit-il pas pour démontrer la richesse d'un pays que les efforts de la colonisation qui en quelques années a fait d'une vallée entièrement couverte par la broussaille un jardin d'une merveilleuse fécondité.

Nous avons dit qu'en 1875, 6 usines seulement existaient, usines pourvues d'un outillage rudimentaire, dont la production était forcément très limitée ; nous en comptons aujourd'hui 50, dont quelques-unes très importantes, outillées avec les derniers perfectionnements, ne le cédant en rien à celles de la Métropole, ont une production annuelle de plusieurs centaines de mille kilogrammes.

2,800 tonnes d'huile ont été, en 1898, exportées par le port de Bougie. L'exemple des colons n'a pas été perdu et la population kabyle n'est pas restée en arrière ni contemplative, elle aussi a pris part au mouvement et contribué à la situation prospère du pays soit en greffant les arbres sauvages improductifs, soit en couvrant de plantations nouvelles des espaces incultes. En 1899 l'exportation des caroubes accuse 2,600 tonnes, celle des figues 6,000 tonnes ; la progression sera encore bien longtemps constante, il faut le temps pour qu'un arbre donne son maximum de rendement et toutes nos plantations dates de quelques années à peine.

Les produits sont cotés, ils jouissent en France et à l'étranger d'une réputation excellente, le placement en est facile et rémunérateur ; tout cet ensemble a apporté dans le pays kabyle une aisance inconnue, demain ce sera la richesse. Ne peut-on redouter que l'âpre montagnard ne redevienne sur certains points et pacifiquement, propriétaire des terres de colonisation ?

La culture de la vigne qui s'étend d'année en année a contribué grandement, elle aussi, à enrichir le pays. 8,000 tonnes représentant 80,000 hectolitres de vin sont sorties en 1899. Le vignoble de la région de Bougie n'est supassé ni en beauté ni en richesse par aucun autre vignoble algérien.

L'exportation des animaux vivants est devenue considérable ; il n'a pas été embarqué moins de 94,000 têtes pendant les campagnes 1898-1899.

Pour assurer un trafic aussi important, le port de Bougie possède deux entreprises d'acconage disposant d'un matériel complet, chalands, remorqueurs, pontons à mâture, etc., etc., et outillées pour opérer aussi vite et aussi sûrement que dans un port fermé. La quantité qui peut être mise à bord au moyen d'allèges n'est jamais moindre de 400 tonnes par journée de travail ; cette quantité pourrait être doublée par le travail de nuit. La sûreté du mouillage est telle qu'il n'y a pas eu en une année dix jours de chômage causé par le mauvais temps.

Il était cependant indispensable de faire mieux et de créer à Bougie un port complet ; les travaux en sont commencés depuis deux années ; le projet comprend une surface de 23 hectares abritée par des jetées, avec un

développement de quais de mille deux cents mètres, plus
un quai à minerai de 16,000 mètres de superficie ; tous,
indépendamment de l'outillage ordinaire, seront pourvus de
voies ferrées qui assureront avec promptitude et économie le
contact des navires avec la gare des marchandises sans
rompre charge, réduisant ainsi et la dépense et le station-
nement dans le bassin.

Quand nous aurons noté en passant que la région
est des plus saines, que les paysages y sont variés et des
plus beaux, que les gisements miniers de toute sortes, fer,
cuivre, plomb, zinc, pyrite, etc.. y abondent, nous
terminerons en exprimant le vœu que les voyageurs qui
traversent chaque année si rapidement l'Algérie, s'y
arrêtent quelques jours et la visitent, ils emporteront de
notre golfe et des environs un merveilleux souvenir.
Capitalistes, industriels, agriculteurs, touristes, aussi bien
que ceux dont la santé réclame le secours d'un beau et bon
climat, tous y trouveront plaisir ou profit.

Le port de Bougie est relié à Marseille par deux
services directs hebdomadaires.

Une ligne ferrée de 89 kilomètres dessert la Vallée
de la Soummam et relie le port de Bougie à la gare de
Beni-Mansour, sur la grande ligne d'Alger à Constantine.

CLIMATOLOGIE

Bougie est située par 2º 44' de longitude Est. Sa latitude est 36º 55'. La ville part du bord de la mer, s'étageant en amphithéâtre sur les premiers contreforts du Gouraya, montagne de 700 mètres d'altitude, la préservant des vents directs du Nord. L'ensemble des maisons est exposé à l'Est-Sud-Est.

Le climat est à peu de choses près le même que celui de toutes les villes du littoral algérien, c'est-à-dire ne subissant par le fait de la grande masse d'eau méditerranéenne, que des variations de température peu accentuées entre le jour et la nuit.

Voici les moyennes annuelles des températures[1].

MOIS	MAXIMA	MINIMA
Janvier............	15°8	7°5
Février.	16°7	7°6
Mars.............	18°6	8°8
Avril.............	21°0	10°4
Mai ,............	24°8	13°2
Juin.............	27°5	16°1
Juillet...........	30°9	19°8
Août ,..........	31°5	20°2
Septembre.........	28°8	18°9
Octobre...........	24°3	14°7
Novembre	20°4	11°6
Décembre..........	16°1	8°1

De l'examen de ce tableau il résulte que pendant l'été les maxima s'élèvent en moyenne à 29°, température qui n'est pas supérieure aux maxima d'été observés dans le Midi de l'Europe.

Ces températures d'Eté sont d'autant plus favorables à la culture que les vents du Nord-Est soufflent d'une façon presque constante toutes les après-midi et apportent aux habitants de la fraîcheur et aux terres l'humidité assez grande dont ils se sont chargés au passage sur le bord de la mer. L'influence de cette brise de mer se fait sentir à plus de 50 et 60 kilomètres des côtes.

Pendant les mois d'hivers, la température est des plus douces, par suite des plus favorables à la vie extérieure au moins pendant plusieurs heures de la journée. Elle

---

(1) Tous ces chiffres sont empruntés à « l'*Essai de Climatologie algérienne* » de M. Thévenet, Directeur du Service météorologique à Alger.

permet la culture des primeurs et de presque toutes les plantes des pays prétropicaux.

En quittant les terres culturales, du golfe même de Bougie, et en remontant dans la riche vallée de l'Oued-Sahel, l'influence de la mer se fait moins sentir au point de vue de l'égalité des températures, et on y subit quelquefois, à des jours rares, des températures qui s'approchent de 0°, mais elles sont tellement exceptionnelles et de si courtes durées, que jamais les gelées n'occasionnent de dégats.

Le phénomène de la pluie présente en Algérie une importance capitale. Les années de pluies sont des années de richesse, jamais il n'y en a assez d'une façon générale, et une grande partie du territoire algérien reste stérile par suite de la sécheresse. — Comme sur tout le littoral, les pluies commencent, à Bougie, en Novembre, pour se terminer en Avril. La région de Bougie, et même toute la Kabylie, a le privilège un peu ennuyeux parfois, pendant les mois d'hiver, de recevoir une quantité d'eau bien supérieure à tous les autres points de l'Algérie. Ainsi la moyenne, de dix années d'observations donne, pour Bougie en millimètres, une hauteur de : 1.036,2, tandis qu'à Alger elle n'est que de 766,7 ; à Oran de 486,9 ; à Philippeville de 766,9 ; à Bône de 798,4.

C'est grâce à cette grande quantité d'eau de pluie que la région de Bougie est certainement le point de l'Algérie le plus riche, le plus fertile, ce qui lui vaut, par son aspect toujours verdoyant, par sa végétation merveilleuse le surnom de « Perle de l'Algérie ». Son charme ne peut se comparer qu'à celui de « la Conque d'or » et de Palerme, le joyau de la Sicile.

Salubrité. — La ville de Bougie est certainement de toutes les villes du littoral, celle où la salubrité est la plus parfaite. La ville est construite sur des assises de roches appartenant au terrain primitif, les rues et par

conséquent les égoûts y ont des pentes assez considérables.
Le régime des eaux est excellent. Elles proviennent de
Toudja (à 25 kilomètres de Bougie), dont la source bien
captée est formée par toutes les pluies du massif de
l'Arbalou, qui est inhabité. Pour ces raisons, jamais il ne
règne à Bougie d'épidémie d'origine hydrique, la fièvre
typhoïde y est presque inconnue. — Quant aux environs,
à toute la région culturale de plaine, terres de l'Oued-Marsa
immédiatement autour du golfe, et terres de la belle vallée
de l'Oued-Sahel, la salubrité s'y est améliorée depuis
quelques années d'une façon remarquable par la mise en
valeur du sol, la culture consciencieuse et rationnelle de
tous les terrains qui s'y prêtaient. Tous les bas-fonds ont
été drainés, débroussaillés, plantés.

Aussi la fièvre paludéenne, la terreur de tous les
nouveaux débarqués, devient-elle de plus en plus rare et
surtout de plus en plus bénigne. Elle n'est plus un obstacle
à la colonisation comme elle l'a été pendant tant d'années,
elle est devenue chose négligeable. Avec quelques
précautions, quelques règles élémentaires d'hygiène, on vit
en fort bon terme avec elle. Et puis la région de Bougie a
l'immense avantage d'être bornée, au Sud, par le rempart
montagneux des hauts sommets de la petite et de la grande
Kabylie, où les altitudes boisées, de 1500 et 1800 mètres,
sont fréquentes. On peut facilement y trouver un refuge
contre les chaleurs un peu lourdes d'Août et de Septembre,
y jouir d'un climat sec, tonique et vivifiant assimilable à
celui de bien des stations d'altitude de France. Il serait
même à désirer que des sénatoria y fussent installés comme
l'ont fait les Anglais, aux Indes, sur les pentes de
l'Himalaya. Les colons de toute la région de Bougie
n'auraient plus rien à désirer et le seul inconvénient qui
pourrait en résulter serait qu'ils oublient un peu trop
vite le chemin de la France.

MINÉRALOGIE

L'arrondissement de Bougie se recommande à l'attention des minéralogistes et des industriels par les minerais de toutes sortes qu'on y trouve; nous regrettons de ne pouvoir dire encore, qu'on y exploite.

Mais grâce à l'activité de nos concitoyens, à leur initiative intelligente nous pouvons espérer que dans un avenir prochain noùs verrons tirer parti des magnifiques gisements que l'on rencontre aux alentours de la coquette cité qui se baigne dans la mer bleue, à l'abri des vents funestes, dans une baie tranquille sinon aussi majestueuse que la Spezzia.

Aux alentours de Bougie, dans un massif éruptif, nous trouvons la pyrite de fer qui permettrait de produire à d'excellent compte, l'acide sulfurique, agent indispensable pour la transformation, en superphosphate, de ces phosphates, dont le port de Bougie a exporté l'an dernier près de 60,000 tonnes.

Il est utile croyons-nous de rappeler ici l'importance des superphosphates comme engrais régénérateur d'un sol qui n'a pas été fumé depuis de nombreuses années, qui devrait l'être chaque année pour obéir à la grande loi de la restitution au sol des éléments fécondants enlevés chaque année.

A Ziama, dans la commune mixte de Tababort, d'importants travaux de recherches, en pyrites de fer, sont poursuivis depuis plus d'un an.

Nous observerons en passant que les gisements de phosphates qui s'étendent depuis la chaîne du M'Sila et du M'Zita jusqu'à Tocqueville, se prolongeant au delà de Colbert et qui ont comme port de sortie, Bougie, ont une importance aussi considérable que les fameux gisements de Tébessa et de Gafsa et que la quantité qui s'en exporte par Bougie, augmentera certainement considérablement, le jour, où des prix analogues de transport payés par ces deux centres d'exploitation seront homologués, par analogie aux exploitations de la région sétifienne.

A côtés des pyrites de fer, nous avons dans notre arrondissement divers gîtes de calamine où l'on a entrepris des travaux de recherches sérieux qui permettront prochainement une exploitation importante dans la commune de l'Oued-Marsa.

Enfin on commence en ce moment à Bougie à faire l'exportation du minerai de fer, que l'on extrait à Abou Daoub, à 6 kilomètres de notre port ; à El-Maten, il y a un autre gisement de ce même minerai en pleine exploitation.

Nous ne pouvons passer sous silence la mine de Tadergount, mine de cuivre concédée dans la Commune de l'Oued-Marsa, qui après une licitation prochaine, nécessitée par des décès survenus dans le groupe des intéressés, reprendra bientôt un nouvel et vigoureux essor.

Disons encore que dans les Beni-Felkaï, dans la Commune mixte de Tababort, on a délivré, en 1898, un permis de recherches pour le manganèse de fer et métaux connexes, que dans cette même commune mixte dans les Beni-Foughal un autre permis a été sollicité en même temps pour rechercher un minerai de cuivre et métaux connexes, qu'il y eut aussi une demande d'introduite pour le même objet à propos du plomb et minerais de zinc, aussi à Tabellout, toujours dans la commune de Tababort et qu'enfin il y eut une autre demande pour recherches de minerai de cuivre dans la commune de l'Oued-Amizour.

A Souk-el-Tenin, d'actifs et entreprenants industriels de Bougie, ont entrepris l'extraction et la fabrication du plâtre, comme les briques qu'ils font à Bougie.

——o·o>o<o·o——

DISTILLATION

La création dans les environs de Bougie de vignobles à grand rapport a fait complètement négliger quelques cultures qui pourraient cependant, et sans grands capitaux, donner des bénéfices très appréciables. Nous voulons parler de tout le parti qu'on pourrait tirer de la culture des plantes aromatiques pour en extraire les huiles essentielles, et de l'utilisation de la figue de Barbarie pour en fabriquer de l'alcool.

Dans les environs d'Alger on se livre, depuis longtemps déjà, à la culture méthodique du Géranium Roset; l'essence qu'on en retire est de vente facile et peut donner au minimum 4,000 francs de bénéfices nets par hectare; La distillation d'autres plantes aromatiques telles que romarin, thym, lavande, qui poussent en abondance et à l'état sauvage sur les montagnes des environs de Bougie et qui seraient récoltées à bon marché par des Kabyles, pourrait donner aussi de forts jolis résultats. Afin de pouvoir utiliser toute l'année le personnel et le matériel, il serait pratique et facile de distiller tantôt des feuilles d'eucalyptus, dont l'essence est très demandée en Allemagne, tantôt des fleurs d'oranger, pour en obtenir soit l'essence du névoly, soit l'eau de fleurs d'oranger.

Les figues de Barbarie contiennent une grande proportion de matières sucrées, propres à donner par fermentation et distillation une excellente et très fine eau-de-vie.

Cent kilos de figues fraîches de Barbarie donnent de huit à douze litres d'alcool à 50°, selon qu'elles sont plus ou moins sucrées. Sèches, les figues auraient un rendement près de quatre fois plus élevé ; avec cent kilos de figues sèches on obtiendrait de 30 à 40 litres d'alcool.

Comme un hectare peut contenir une centaine environ de cactus, produisant bon an mal an 2 à 300 kilos de figues fraîches, on voit que le cactus qui ne nécessite aucun travail ni culture, qui vient dans tous les sols, si mauvais soient-ils, peut rapporter par hectare un minimum de seize hectolitres d'eau-de-vie à 50°. Il y aurait donc un avantage considérable à en planter sur tous les terrains délaissés ou sans valeur.

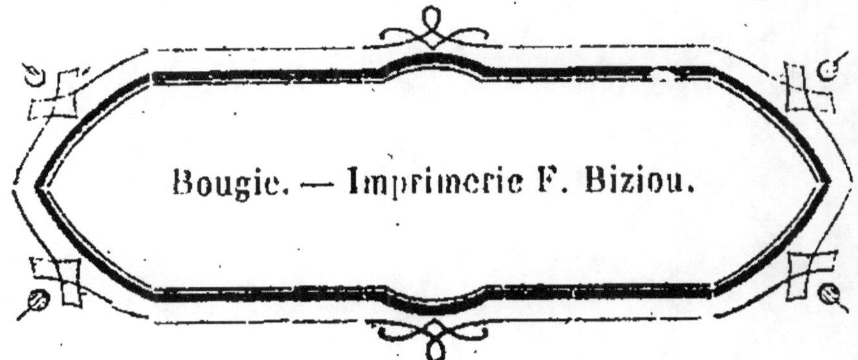
Bougie. — Imprimerie F. Biziou.